U0745143

向北方

跟着海鸥去旅行

〔俄罗斯〕安雅·肯德尔　　〔俄罗斯〕瓦莉亚·肯德尔 / 图
〔俄罗斯〕安娜·伊格纳托娃 / 文　王志耕 / 译

山东教育出版社
·济南·

暑期旅行。起点位于圣彼得堡，终点位于大洋岸边的捷里别尔卡村。1500公里的暑期探险。

　　那么，向北方的路上能看到什么呢？

　　严寒而美丽的大自然，冰冻的昔日和鲜活的今天正等待着旅行者。现在要做的就是让全家人上车，开始我们的旅程。

　　首先，穿过列宁格勒州，经过拉多加湖，横跨整个卡累利阿，沿着奥涅加湖，沿着白海，往前再往前，到达科拉半岛，越过希比内山脉。成群的鹿在那里吃草，海鸥在飞翔，海豹在岩石上栖息，极地猫头鹰在夜空中盘旋……苔原要到六月才迎来春天，但慷慨的森林还是及时馈赠给所有生灵珍宝一般的浆果：琥珀般的云莓、珍珠般的蓝莓、红宝石般的越橘……

　　人们在那里生活和工作：养鹿的牧民在苔原的营地燃起篝火，渔民出海，工人戴着头盔、拿上矿灯到地下开采矿石。

　　启程吧！窗外，一只海鸥飞过，拍打着翅膀向北方招手。

启程前的准备

旅行时，每个人都要带好自己需要的东西，还有内心的声音告诉自己要带的东西。

爸爸带上了日古利轿车的新电瓶和刹车片，还有一根钓鱼竿。

妈妈带上了四种不同的防蚊喷雾，再加上一罐备用，但没有带防晒霜。

小女儿伊尔卡带了一套船锚图案的泳衣（我们要去的是海洋啊）、羊毛袜和两件……不，也许是三件抓绒衣（我们要去的是北方啊），还带上了一个小铃铛。内心的声音说："带上它。"她就带上了。

大女儿玛琳娜带上了画夹、颜料和画笔。

"最好带上相机！"伊尔卡提议，"快门一摁，就成了！还没等你画呢……"

"绘画是完全不同的，"玛琳娜守着背包坐在地板上若有所思，"绘画就是飞翔。"

说着她晃了晃手臂，就像海鸥正在飞翔。

准备启程!

记录灵感的画本

准备把
一切都画下来

准备舒适温暖地睡觉

冬装

夏装

夏季睡袋 (-5℃以上适用)

防蚊喷雾

以防万一
(小铃铛)

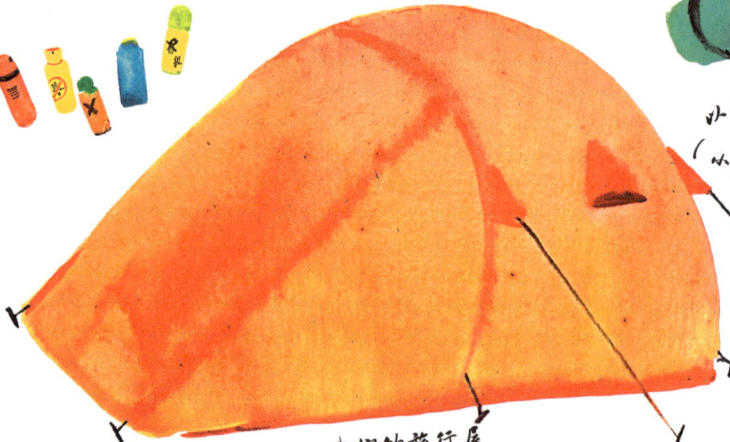

我们的旅行屋

МАРИНА

旅行必备炊具

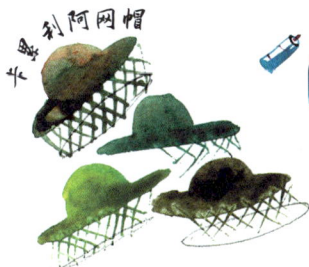

卡累利阿网帽

取火炉

雨衣

兼防蚊虫

金色的钓鱼竿

长简靴

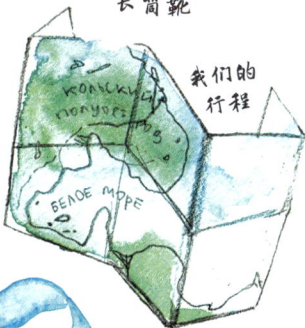

我们的行程

个人卫生用具

急救包

纱布

新电瓶，行车必备

刹车片，刹车必备

奥列舍克[1]，不是核桃果子羹

上了科拉公路刚刚开始加速，爸爸突然来了一个急转弯。

"我们这是去哪儿？"妈妈问。

"向北方的旅程先要经过施吕瑟尔堡吧？走错了！"爸爸果断地打了方向盘。

"多有趣的名字啊——基瑟尔堡！"伊尔卡说。

"不是基瑟尔，而是施吕瑟尔堡，"爸爸严格纠正道，"这个名字的意思就是'咽喉要道'，彼得大帝是这样称呼它的。"

"咽喉要道是什么？为什么是咽喉要道？"伊尔卡在后座上跳来跳去。

"你来看地图。"玛琳娜打开了这个州的地图集，"看到了吗，这就是奥列舍克要塞，它像一个塞子一样堵在涅瓦河的源头，封锁住通往波罗的海的道路，阻挡敌人。"

"封锁谁？阻挡谁？"伊尔卡用手指在拉多加湖周围画着圈，不知道敌人是从哪里发起进攻的。

"比如，瑞典人，"妈妈说，"他们很想要占领这座要塞！他们试过三次，多么倔强！"

"结果怎么样，他们占领了吗？"伊尔卡焦急地问。

"他们占领了……"妈妈不情愿地承认，"但过了九十年，他们把它还给了彼得大帝。他们把要塞整修好了就还回来了。"

---

1 "奥列舍克"是核桃的意思，也指一种加碎核桃仁的果子羹。这里指的是一座军事要塞的名字。
——译者注（本书注释均为译注，不再单独说明）

"哦，好吧。"伊尔卡放心了。

"法西斯分子无法占领它，只好轰炸它……但最终也没能占领！"

"奥列舍克是一座英雄要塞，无人能敌！"爸爸总结道，自豪地把车停在渡口边，"那好吧，让我们看看，奥列舍克到底什么样！"

大家都下了车。

拉多加湖上的寒风吹到脸上，让人精神为之一振。

喧闹不停的浪头拍打着岛屿。

岛上有一座无敌要塞。

森林素描

"我们已经开了三个小时了，"伊尔卡说，"可还没穿过森林。"

"这才刚刚开始，"爸爸说，"我们可是有九亿公顷的森林呢。这里有云杉林、松树林、白桦林、橡树林……"

"'摔下橡树'[1]的确让人抓狂啊，"伊尔卡想起了一个有趣的表达方式，"这么多森林……"

"咱们去森林里转转吧，"妈妈提议，"坐得太久了。"

---

1 "摔下橡树"是一个俗语，意思是头脑发狂。

森林里的风很柔和。脚踩着苔藓，就像踩在东方地毯上……只不过这地毯不是五颜六色的，而是碧绿色的。

"这石头多像靠枕啊！"伊尔卡扑通一下子躺在旁边一块大圆石上，在阳光下眯起了眼睛。

高大、黝黑、多刺、粘人的云杉林枝繁叶茂。玛琳娜正在仔细观察浓密的黑果越橘的花朵。

"就像挂起来的粉红色灯笼，怎么这么多啊！"

"粉红色灯笼会变成蓝色的，"妈妈微笑着说，"但没那么快，现在才六月。可你瞧越橘已经开花了。快看，这儿还有酢浆草！"

"这些小花得用放大镜去找，"伊尔卡抱怨道，"太没有吸引力了，在地上都看不到。"

"将来还要长出浆果来呢！"爸爸说，"在北方，所有花朵的开放都是有意义的，不会白白浪费精力。"

云杉树干后面有个红褐色的东西闪了一下。

"狐狸！"

"对，你别出声……哦，狐狸……就是的。"

狐狸在远处坐下，用尾巴圈住爪子。一切都静止了。山雀清脆悦耳的啼啭响了起来，啄木鸟啄下了一个云杉球果。夏日的阳光下，森林安详地呼吸着。

"我们走吧。"爸爸招呼道。

"马上！"伊尔卡低声说道，"再等五分钟……"

狐狸

　　记住狐狸的颜色，回头再把她画出来——这会儿没有合适的颜料。狐狸就是森林中的灯火，是篝火的花瓣。她的眼睛灵动、美丽、轮廓分明。

　　她神态端庄地坐着，就像钢琴上的一尊瓷雕。

12:00

我的天哪，狐狸啊！！真的狐狸！可相机在车里！真是太糟糕了……没有照片，别人不会相信的！

真是太太太可爱了！它蜷着爪子，卷着尾巴——漂亮极了！眼睛还带着箭头眼线。这个妆容简直太高级了。以后我也要化这样的妆。

海豹招手微笑

拉多加湖水轻轻地拍溅到石头上，又平缓地退去，下一秒又回来了，仿佛把什么东西忘在了岸边。

"健忘的浪花。"玛琳娜咕哝着，一边将她捕捉到的水流动态记录在旅行画本上。

车子停在砾石滩上。

"下车，不过得小心一点儿。"爸爸低声提醒大家，"如果幸运的话，我们会看到海豹……它们喜欢在这里休息。"

离岸边不远的水中散落着一些大石头。经过风、时光和水的打磨，这些石头正面非常圆润，闪闪发亮。它们的背部和侧面并不圆润，海豹们却一点儿也不介意。

现在，正有几只浑身同样圆润闪亮的海豹在石头上享受着拉多加湖的阳光。阳光炽热，但变化无常。

伊尔卡捂住嘴，以免不小心发出声音，她蹑手蹑脚地走向水边。一只海豹懒洋洋地转过头，挥了挥带爪子的鳍状肢。

"它在跟我打招呼！"伊尔卡忍不住叫了起来，五只海豹立刻悄无声息地从石头上滑下去，化作细细的涟漪。

还剩下一只最淡定的，或者说最懒惰的海豹。它睁着圆圆的黑眼睛，久久地看着人们，微笑着。海豹永远都在微笑。

温暖的石头，海豹在休闲

海豹是地球上最温和的动物。它们生活在冰冷的水中，却始终保持着微笑。如果我生活在拉多加湖中，我会冻僵的。而且，我会对所有人怒目相向，首先就是伊尔卡，因为她把海豹们吓跑了，逼得它们从温暖的石头上跳进冰冷的湖水中。

12 : 51
⟨ ·····‖‖ ▭❙33%

我忽然想出了一句诗：

海豹向我摇摇鳍，

又酷又帅让人迷！

嘿，很贴切！等我们到大洋
边上的时候，我将完成一本诗体日
志——一首完整的史诗！它将会发
表出来，并且收进学校的课本。学
校会让每个学生都背诵下来，而我
呢，早就了然于心，因为我就是作
者！耶！不让玛琳娜看，她会笑话
我的。

环斯维里地区的咒语

走了将近三百公里，五分之一的路程。

伊尔卡和玛琳娜站在"环斯维里地区的明珠"彩色地图前，地图被一条宽阔的蓝丝带一分为二，这条丝带被称为"斯维里河"。

"皮季马，瓦日内，"两个女孩大声念道，"索——吉——尼——茨，沃尔纳沃洛克，舍列依基……"

"多么奇怪的名字啊，"玛琳娜若有所思地说，"好像是古老的咒语。"

"波德波罗热村出现于16世纪，"爸爸郑重地说道，好像村子的出现与他有关似的，"你们看一下这个村的徽章。从徽章上可以读到很多东西，读到它的整个历史……"

"这只熊正在蓝色的台阶上爬呢。"玛琳娜说。

"它嘴里叼着一条什么鱼呢，"伊尔卡补充道，"它钓鱼的运气不错。"

"这是白鲑，"爸爸回答道，"这个村子靠近两个很大的湍流地带：大熊湍流和白鲑湍流。"

"这就是它被称作波德波罗热的原因吗？"玛琳娜猜测道。

"蓝色的台阶是水！"伊尔卡连忙喊道。这不怪玛琳娜，不只她一个人那么想。

"是水，"爸爸点点头，"靠近水边的村庄里人们都生活得很好。如今这是一座城市了！瞧它多漂亮啊！"

最令人惊叹的美景在河上。斯维里河水电站就矗立在那里。斯维里河宽阔的水域颜色比地图上的蓝色还要鲜亮，水流穿过管道、水轮机和溢洪道，就像蓬松而浓密的蓝色卷发穿过梳子。

"这是一座真正的宫殿！"妈妈惊叹地倒吸了一口气，"金碧辉煌的水晶

宫殿！"

战争纪念馆色彩缤纷，却有一种忧伤的美。这是第二次世界大战阵亡将士公墓……由花圈、花束和人工栽植的三色堇组成的花毯覆盖着五星纪念碑前的广场。

在远离商店和广告的街区，在城郊地带，在那些木屋里，在雕花的窗框和护窗板上，在"鹤形"吊杆汲水井上，有一种安闲舒适的美。

还有教堂，如现代教堂——天使报喜教堂，而古代的教堂在时光和冷漠的重压下渐渐残破，比如扎奥焦里耶村的彼得和保罗礼拜堂。鸟儿在教堂圆顶上空盘旋……

我们要住在乡村吗？

大家决定在这里过夜，就在波德波罗热。既然放假了，那么着急干什么……

"不开车了！"爸爸断然下令说，"让我们用双脚探索祖国的土地吧！"

于是大家迈开双脚去散步，到了尼科利斯科耶村。

"果然是乡下啊，"不知为何，爸爸叹了口气，"还要打水，生炉子……"

"灰秃秃的房子啊，"妈妈说，"就像临时兵营一样。最好把它们画下来！"

玛琳娜用手比画着灰色农舍的屋顶，用想象中的画笔描绘它们。一条混血犬全神贯注地盯着她的手。混血犬拥有世界上最聪明的眼睛。

突然，在一排带有临街方窗的暗灰色木板墙中间，仿佛变魔术般出现了一幢美丽的童话般的房子。整幢房子色彩艳丽，装饰着新颖的白色雕花。玛琳娜一条线还没画完就惊叹起来。

"真想知道是谁住在这样的房子里？"伊尔卡问道，"是商人吗？"

"当然是艺术家了。"玛琳娜轻声回答。

我愿不愿意住在乡村？一辈子？不是偶尔来做客，而是一直在这儿居住？说实话，我不知道。也许我能做到，只是要画很多的画，一直工作到底。要让河水更清澈，让房屋更明亮，让草地更多彩，让人们有更多微笑。微笑——就是最美的妆容，任何粉彩都不需要。是的，应当把乡村里幸福的人物画个够。这样就可以住下去。

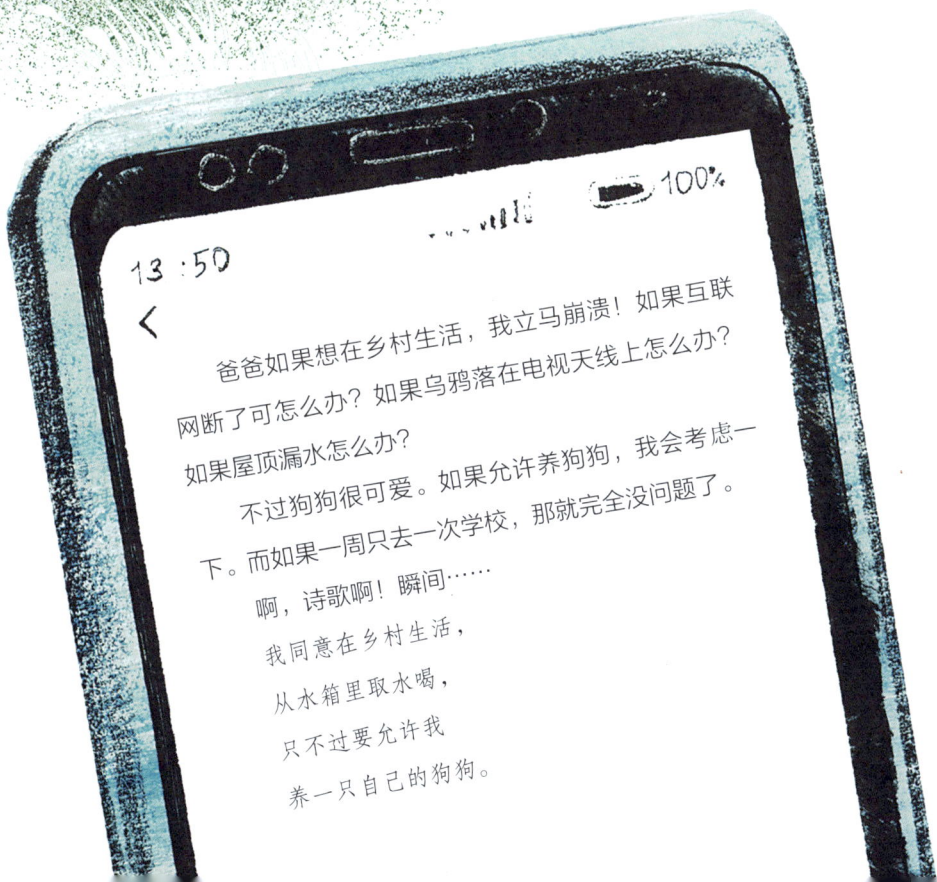

13 : 50

爸爸如果想在乡村生活，我立马崩溃！如果互联
网断了可怎么办？如果乌鸦落在电视天线上怎么办？
如果屋顶漏水怎么办？

不过狗狗很可爱。如果允许养狗狗，我会考虑一
下。而如果一周只去一次学校，那就完全没问题了。

啊，诗歌啊！瞬间……

我同意在乡村生活，

从水箱里取水喝，

只不过要允许我

养一只自己的狗狗。

"单桅大帆船地"[1]

"我什么都不懂！"伊尔卡任性地说，"这是个什么'地'？为什么是'单桅大帆船地'？我知道土豆地、玉米地、卷心菜地——谢天谢地！那这个'地'长什么？单桅大帆船是一种什么水果？"

"不是水果，也不是蔬菜，"爸爸一边把车开进当地历史博物馆附近的停车场，一边平静地回答，"但它确实在生长，更准确地说，它们在生长。这里曾经有造船厂，按照彼得大帝的命令建造船只。单桅大帆船就是在这块地里生长出来的，就像蘑菇一样。"

"好吧，就算他们是这么说的吧——船就是船嘛，还什么单桅大帆船，"伊尔卡不满地嘀咕道，"没有这个词！"

"这个词现在没有了，但过去有。"妈妈加入了谈话。还是让妈妈说说这些生词吧：过去是指什么，现在是指什么，它们是怎么变化来的。"以前人们在说船的时候就是用'单桅大帆船'这个词。你们谁来猜一猜，"妈妈学着旅游节目主持人欢快的语气，"俄语中还有什么和'单桅大帆船'同根的词呢？"

"我可是在度假呢。"伊尔卡很快应声道。

"轻舟！"玛琳娜说。

"维京长船。"爸爸也来抢答。

"维京长船——这可是很帅气的船！"伊尔卡这下不顾自己是在度假了，也像炒豆子似的噼里啪啦说起来。

他们沿着一条奇妙的云杉小径走着，这里很凉爽，有茂密的绿色树枝遮挡暑热。前方出现了波光粼粼的河流。

---

1 "单桅大帆船地"是斯维里河沿岸的一座城市，一般音译为"洛杰伊诺耶波列"。

"这就是斯维里河。"爸爸环顾四周，告诉大家，生怕有人不知道。

"单桅大帆船地的徽章多漂亮啊，"妈妈如梦似幻地感叹道，"蓝色的原野上，一艘金色的船……就像一艘金色的维京长船在天空遨游……"

妈妈在通往河岸的台阶旁停住脚，凝视着荡漾的河水。

"要是现在有一艘金色的维京大船在航行该多好啊，"玛琳娜一边说着，一边习惯性地用手在空中比画，在河面上画着那艘不存在的大船，"上面是一个穿着鲜红色长袍的商人……他会停泊在这个台阶前，大声说：'嘿，善良的人们，我的货包给你们带来了幸福！……'"

"快来买吧！"伊尔卡配合着姐姐接上了商人的话。

"一个穿着天蓝色无袖长裙的少女来到他身边，"妈妈也接着编起故事，"说：'幸福难道是可以买到的吗？幸福只能赠送。'商人则会回答她——"

"瞧瞧，你有多聪明啊！"固执的伊尔卡用商人低沉的声音说道。

"但是买来的幸福并不会带来幸福！"玛琳娜模仿着穿天蓝色无袖长裙的少女的声音反驳道。

"于是……"妈妈想了想说道，"于是贪婪的商人爱上了美丽的姑娘，就这样干脆把幸福赠送出去了！"

"从此，他们两个就一起驾着金色的长船航行，无偿地送出幸福，让世上的幸福越来越多。"爸爸讲完童话的结尾，搂住妈妈的肩膀，"好吧，故事大王们，我们继续航行吧！"

基日岛

哦，多么美丽啊！他们真的来到这里了吗？以前听说过多少关于俄罗斯木结构建筑的奇迹，还有基日岛的传说啊！整个卡累利阿地区最有趣的北方村庄都被安置在了岛上：独立房舍、日常建筑、谷物晾干棚、粮仓……当然，还有教堂。穆罗姆修道院最古老的拉撒路复活木结构教堂是14世纪的建筑！

现在，他们来了！

"一、二、三、四……"伊尔卡执着地数着教堂的圆顶。"玛琳娜，帮帮忙！他们是怎么把这么多'洋葱头'[1]放在一起的！"

全家人都仰起头，欣赏着俄罗斯建筑的奇迹。木制圆顶在蓝天的映衬下闪闪发光。太好了，爸爸建议参观基日岛上这个著名的文物保护区博物馆。大家下了白轮船，踏上绿色的大地，马上就被这景观吸引住了。

---

1 东正教的教堂圆顶形似洋葱头。

　　"这里一共有二十二个洋葱头圆顶，"伊尔卡身后有个女人说道，"全都没有钉子！整个教堂的建造没用一根钉子！"

　　"嗯，这就对了！"玛琳娜点点头。这些洋葱头圆顶是如此精致，如此纤薄，散布的木质花瓣聚拢在一个"花束"中，就像花朵一样。这怎么能用铁钉钉进去呢？那就破坏了这种秀美！

　　"但是不用钉子建造很不方便，而且需要很长时间，"伊尔卡感到惊讶，"爸爸，为什么不用钉子？"

　　"1714年很难弄到钉子。"爸爸低声解释道，"钉子非常昂贵，所以只好在没有钉子的情况下建造，不能着急，所有部件包括紧固件都是用木头打磨成的。当然，现在的修缮师傅也在用钉子加固，只不过，嘘——"爸爸对女儿眨了眨眼，"传奇不能消亡！"

　　伊尔卡郑重地点点头，对着一只飞过的海鸥摇了摇手指——别泄露出去！

瀑布奔流

　　"我们还得去一个地方吧……爸爸,我们去哪里?"伊尔卡在后座上跳来跳去。

　　"我们去看看卡累利阿的自然奇迹,"热爱新奇事物的爸爸说,"我们现在去苏纳河畔。我们将看到基瓦奇瀑布!跟你们说,它可是欧洲第二大平原瀑布,仅次于莱茵瀑布。"

　　基瓦奇瀑布像奔腾的特快列车那样隆隆作响。白色的泡沫淹没了石头。宽阔如镜面般平静的苏纳河,随着激流从岩石之间挣脱出来,开始咆哮、呻吟、突破、奔泻……

大家都安全地站在岸边坚固的花岗岩平台上，看着奔涌而下的水流。卷动的白色水幕就像疯马的鬃毛。

　　"看来我最好别在这儿了。"玛琳娜浑身打战，紧紧握住父亲的手，以防万一，免得爸爸不小心摔倒……

　　"他们也不想在这儿吧。"妈妈向上挥了挥手。一些人驾着皮划艇在岸边停靠着。"看哪，他们把小艇拖上来了，在陆地上抬着。这可不是个有趣的活儿。"

　　"这才更有趣呢，只有把东西从水里拖出来，才能修理这些受损的皮划艇。"爸爸解释了这样做的道理。

　　"这就对了。"玛琳娜点点头。

"但这很无聊！"伊尔卡皱起眉头，"呃，我会一下子跳到艇中间！用桨划呀，一下，两下——破浪而出！直接就下去了！搬运起来多费时间哪……"

"嘿，还一下，两下！想得多好！"妈妈害怕地说，"如果皮划艇落到岩石上怎么办？如果浪头把它打翻怎么办？如果你被卷到这些白色泡沫中怎么办？如果……"

"好吧，够了，够了，好妈妈，我同意，像蚂蚁一样把所有东西都拖到岸边。"

"这就对了，伊尔卡，"爸爸点点头，"最好不要与基瓦奇瀑布和妈妈争高下。这样你才会更健康。"

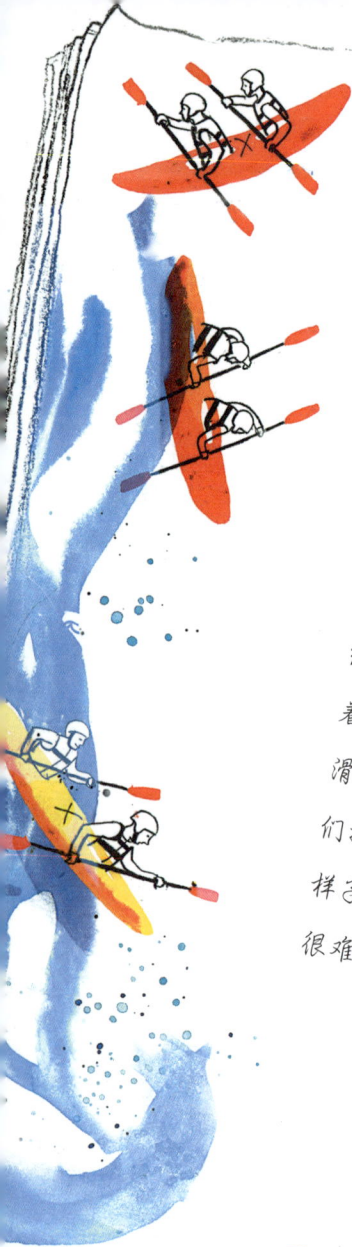

多么强劲的水流啊，看着都让人害怕！如果皮划艇来不及停泊怎么办？如果它被卷进这一团团白色的浪花之中怎么办？艇上的人会得救吗？皮划艇撞坏就撞坏吧，就算是卷进水底也没什么可怕的，但艇上的人必须及时撤出啊！好在他们都穿着救生衣，戴着头盔，而且都会游泳。他们像从山顶往下滑，如果滑到瀑布下面的岸边，我就去把他们拉上来。不会出事的。要记住水花飞溅的样子，就像一片透明的面纱。这个要画出来很难。伊尔卡是绝对做不到的。

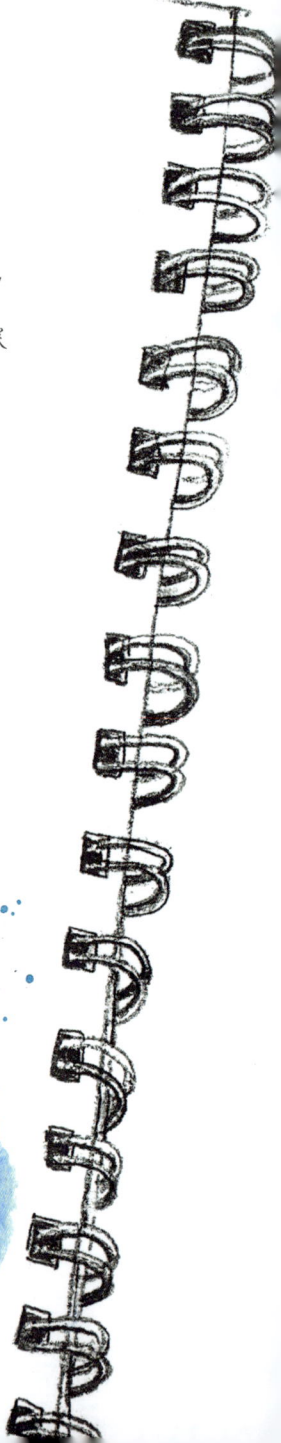

15:50 .... 🔋 50%

‹

基瓦奇——就是力量！马上就可以写成诗！

水流把皮划艇摔到石头上！
救生衣，头盔——全都泡了汤！
一只桨插进了石头的裂缝！
有人溺水，危险，危险！

这几句简直太有力了！最好拿给玛琳娜看看，但不知道她懂不懂诗。

方尖碑

爸爸默默地把车停了下来。

这里有一座灰色的小方尖碑，碑顶立着一颗新漆的红色五角星。碑身刻着姓氏和军衔。碑底放着两个花圈和几朵红色康乃馨。

"这里曾经发生过战斗，"妈妈说，"森林中的每条沟渠都是当年的战壕，每个坑都是炸弹坑。"

"就在这儿？"伊尔卡四下看了看。周围一切都那么美好——没有战壕，没有机枪掩体，没有炮弹。雏菊正在生长。最主要的是，鸟儿在歌唱！战争期间鸟儿会唱歌吗？

"不错，就是这里。1944年，苏联军队解放卡累利阿。在梅德韦日耶戈尔斯克有一场战斗，在孔多波加有一场战斗，每个村庄都有一场战斗。石碑上写着阵亡将士的名字。人们一直为他们献花，直到现在。"

其中一个花环的丝带上写着：永远铭记。花环后面放着一顶军用头盔，两个女孩开始还没有注意到。头盔是在这片森林中被发现的。人们清理了头盔上的泥土，左侧的一个圆洞清晰可见……伊尔卡紧紧靠在妈妈身上。

"我也想……"她忽然低声说，"我也想……献花。"

她跑到雏菊前，想摘一束花。

"别摘花，"玛琳娜请求道，"让它们长着吧。它们已经生长在这里了，洁白、纯净、美丽。让它们年年岁岁地生长下去。"

这时传来一阵哀怨的鸟鸣，像哭声。那是一只海鸥在空中盘旋。它绕了一圈又一圈，向北飞去。

"该启程了。"爸爸说着，搂住女儿们的肩膀走向车子。

熊

"太热了！"伊尔卡抱怨道，在座位上坐立不安。"我们去游泳吧！这可是暑期旅行，还是在卡累利阿！我们大概还会经过一些林中湖泊……"

"凉爽的圆形湖泊，就像串在道路上的珍珠。"玛琳娜语调悠扬地接着说。妈妈叹了一口气，把前门玻璃完全降下。

爸爸擦了擦额头上的汗，把车停到路边。他们展开地图。

"我们到了。"爸爸说着，用食指指着地图上鲜绿色的部分。

"多迷人的湖啊！"伊尔卡指着附近的蓝色圆圈。

"看，这里有条路通过去。"妈妈表示赞同，"谁想去湖边野餐？"

四人赞成，无人反对。出发。

"这不是一条路，只是一个方向，"爸爸一边抱怨着，一边驾车在树桩和岩石之间迂回穿行，"一会儿还得想办法回来……"

"瞧啊，前边可以看到水的亮光了！"伊尔卡喊道。

大家下了车，步行到岸边。湖水就像云杉画架上一面林中之镜，倒映着天空、云朵、树木和一只熊……

熊站在湖的另一边，看着旅行者。它下了水，不紧不慢地游起来。毛茸茸的脑袋摇晃着，越来越近……

所有人都愣住了，不知所措。只有爸爸张开了双臂。

熊的头越来越近了。前爪变得清晰可见，在身子下面划动……

这时突然响起一阵刺耳的铃铛声！伊尔卡睁大眼睛，高高举起手，用力摇动她的小圆铃铛。这就是内心的声音告诉她要带上路的那个东西。

熊没有减速，转了一道弧线，又游了回去。它游到对岸，像狗一样甩了甩身体，在铃声的驱赶下消失在云杉林中。

"这就是你拿上它的原因。"玛琳娜好容易回过神来说。

　　游泳没有游成。大家转身迅速回到车上，而伊尔卡一直拿着铃铛不停地摇

啊摇，就像上了发条一样……

哦，简直无以言表……

伊尔卡救了大家。

可是，熊的眼睛怎么那么小……

谢谢，谢谢，谢谢，这是发自内心的声音！

白海

　　咸水下的石头看起来很光滑，好像浇了糖浆的蜜糖饼干。伊尔卡都想上去舔一舔了。这并不好笑，驼鹿也会舔咸石头。

　　"哦，我们这是到白海了。"面对停靠在岸边的小船，母亲有些惊讶地说。

　　对于伊尔卡来说，白海与大海完全不同。

　　"水很凉。"她把手探到水里说道。

　　"当然，很凉，"妈妈说，"以前它被称为冰海或北海。你们知道吗？它直接和北冰洋相连。你摸到的水可能是海水！"

"那海滩在哪里？度假村在哪里？"伊尔卡转过头来说，"到了海边，就应该躺在躺椅上，用吸管喝奶昔。"

岸边没有躺椅，到处都是小船、汽船、快艇、栈桥和码头，还有钓鱼的平台。凯姆市最初只是个海边渔村，自古以来就被称为"鲑鱼村"或"珍珠村"……甚至这里的城市徽章上还绘有珍珠项链，但大海的馈赠是用人们繁重的劳动换来的，与之相伴的，还有对在寒潮中丧生的恐惧。

"我们也去钓鱼吧！"热爱新奇事物的爸爸让所有人都跃跃欲试，"我和旅游基地的老板都谈好了！"

日落时分，大家出海了。玛琳娜没有准备钓鱼竿，而是准备了铅笔和记事本。画笔和颜料在快艇上没法带。

伊尔卡一直梦想捕获一条她承诺给大家的鳕鱼，当海鸥不断在她周围盘旋时，她不禁尖叫着："捕鱼，捕鱼！大鱼，超大鱼！"

快艇有一个充满活力的名字——"风暴"。当它冲进海浪的时候，妈妈哎哟一声抓住了爸爸的手。大家都笑起来。

"鳕鱼在很深的地方游，到晚上才能捕到。"基地老板低声说道。

那天晚上，一切都很神秘……明亮的夜色，远处岸边带十字架的黑色尖屋顶，夜晚温柔的海浪，水中的月亮倒影，还有捕到的唯一一条金色鳕鱼——来自大海的礼物。

索洛韦茨基岛

第二天早晨，汽车在拉博切斯特罗夫斯克村的停车场休息。旅客们步行到码头。这时是早晨六点。

"我们出奇地幸运！"爸爸用高昂的语调说道，努力想让两个昏昏欲睡的女儿醒醒神，"第一，海面很平静！第二，基地老板同意带我们去索洛韦茨基岛……"

"但我想去安泽尔斯基岛……"伊尔卡固执地嘀咕道，"那里有石头迷宫，昨天博物馆的讲解员告诉我们的。我很想试试会不会在迷宫中迷路。"

"你又不是死后的魂灵。"[1]玛琳娜回答道，昨天讲解员的话她也认真地听了。

"第三，"爸爸兴奋地说，"白鲸正在向白鲸海角游动！我们可以在自然栖息地看到它们！"

---

1 当地传说死后的魂灵会在迷宫中迷失。

　　"我做梦都想走迷宫呢。"伊尔卡嘀咕道。然而，玛琳娜高兴地赞同爸爸的提议。

　　岛屿、海水和海鸥。海鸥、海水和岛屿。海鸥、岛屿和海水。就这样过了三个小时。这个时间可以使人的很多看法发生变化……

　　爸爸读过很多书，有关索洛韦茨基修道院，有关玛尔法·波萨德尼察[1]，有关易守难攻的堡垒[2]，有关索洛韦茨基被用作特殊营地[3]……

　　"拐角上的这些塔楼多么坚固……勇士们啊！"妈妈突然说道。

　　索洛韦茨基修道院突然从海上出现了，就像普希金童话故事中的城堡。爸爸不用再看书了，可以亲眼看、亲耳听了。

---

1 俄国15世纪的反对派领袖，曾与索洛韦茨基修道院因为捕鱼权问题发生过冲突。

2 索洛韦茨基修道院历史上也是重要的边境要塞，曾多次抵御外敌的袭击。

3 索洛韦茨基修道院在沙皇时代还是政治犯的流放地，苏联时期被改造为劳改营。

猞猁

北冰洋越来越近了，已经跨进北极圈了！太阳在地平线以下短暂落下，很快又重新出现。这就是白夜。

很快太阳就完全不再隐藏了，仿佛粘在了天空中。这就是极地的极昼。只有时钟才能帮助你明白，又一天结束了⋯⋯

在明亮的森林里，什么也藏不住。瞧，那两个绿灯是什么？有谁在那里？它坐在石头上，透过树枝看着这边的人。身体两侧有斑点，耳朵上有一簇毛，这就是森林的主人——猞猁，它轻柔无声地跳跃着。你好，猞猁。我们要去北冰洋了。

篝火在林中燃烧，晚霞在空中燃烧

"您最后一次搭这个帐篷是什么时候？"伊尔卡看着那个不成形的篷布团和一堆金属棒，叹了口气。

"我们以前从没搭过这个帐篷，这是全新的。"爸爸一边说，一边研究包装上的说明，"这是它在森林里的第一个夜晚。"

玛琳娜深情地抚摸着遮阳篷，低声说道："别害怕，小家伙。"

"它可一点儿也不小，是四人用的。"妈妈兴奋地说，"姑娘们，还是先去打水吧。"

伊尔卡和玛琳娜拿起手提饭盒，沿着陡峭的小路走到河岸边。附设篝火平台的停车场位于悬崖之上，下面是一条河流。

"在森林里过夜很有趣。"伊尔卡一边说，一边小心翼翼地选择落脚点，"现在我们把篝火点燃吧，妈妈做饭。妥了，我把面包插在签子上烤！"

"看哪，多美的晚霞！"玛琳娜回答，"要想画晚霞，需要金色颜料，丁香色、粉色、紫罗兰色……"

正说着，玛琳娜被树根绊倒了，差点儿头朝下跌到水里。

"我只需要一架相机，"伊尔卡笑着说，"快门一摁——晚霞图就做好了！"

半小时后，帐篷搭了起来，篝火也点燃了。锅里的荞麦饭冒起了泡，爸爸打开一个焖肉罐头。伊尔卡在削插面包的签子。妈妈把帐篷收拾得很舒适，铺好睡袋，还不时地拍手，消灭钻进来的蚊子。她的拍手声伴随着感叹声："看你啊！……""啊哈！"具体发什么声要看结果怎样。

玛琳娜坐在悬崖边上，手里拿着一支画笔。画笔停在空中，她不知道该先涂金色还是丁香色……

山脉

森林、湖泊、河流和大海——这些都在路上经过了。瞧啊，前方出现的是山脉！

希比内山脉的峭壁矗立在旅行者面前，连绵的山岭是摩尔曼斯克地区的天然堡垒。海拔不高（最高峰是尤德奇乌姆乔尔峰，也称为菲尔斯曼娜峰，海拔1200米），但非常险峻！希比内山脉的顶部是平坦的，用科学术语来说，呈片状，攀上峰顶，就像在平坦的桌子上散步一样。然而，山坡陡峭，覆盖着冰雪。你攀上这些桌子，也就是山顶平台，试试吧……

"真是个奇迹，"玛琳娜说，"这些山就像神殿，只是没有十字架，但它们不需要十字架。"

"爸爸，我们爬到山顶吧！"伊尔卡请求道。

爸爸妈妈没有听她说话，只是微笑着。

"你还记得菲尔斯曼娜山口吗？"妈妈说道，"我们曾像山鹑一样躲避狂风！"

"还有在彼得利乌斯冰斗，"爸爸接着说，"你靴子上的冰爪脱落了，我们用绳子把你拉出来，还记得吧？在库基斯乌姆乔尔峰，我们在那里遇到暴风雪，躲避了三天，寸步难行……你还记得尤尔金的背包是怎么滚下山坡的吧，营地分的肉差不多都在里面……"

"还有拉姆齐山口！"他们齐声呼喊，大笑起来。

伊尔卡和玛琳娜交换了一下眼神。

"你想去徒步旅行吗？"伊尔卡问姐姐，"背着背包走，在雪地上、在暴风雪中过夜，在靴子上绑上冰爪。"

"我不知道，"玛琳娜摇摇头，"应该尝试一下……我觉得，人到了山里，很多想法都变得清晰起来。"

从那里回来之后，人就脱胎换骨了。

伊尔卡说，背着帐篷是无论如何都上不了山的。可我却要试试。我倒很想知道，我能做到吗？我能不能一直走，走，走，能不能一直往上爬，爬，爬？

我觉得我能做到，只要心里想着别的事。边想边走，边想边走。这样不知不觉就上去了。那我就会看到脚下的白云。从山顶上看他们会是什么样子？这我得好好想想！妈妈和爸爸，还有伊尔卡。

15:50

〈 · · · ·ıll📶 🔋50%

玛琳娜说她想尝试徒步旅行，背着沉重的背包，冬天睡在帐篷里……哈，想得美！决不！我宁愿尝试跳伞。那才够酷呢！你在天上飞翔，云彩在你身下——就好像世界颠倒过来了！

我在白云上面飞，
只有翅膀上下翻。
他们背着大背包
一步一步往前赶……

我想，这几句诗并不成功。或许，让玛琳娜给看看？

元素周期表和驼鹿

"不是蒙切戈尔斯克市的徽章，而是门捷列夫元素周期表。"伊尔卡哼了一声，"铜、镍……这是什么？"

"这是钴。"妈妈提示道，"这是苏联时代的徽章。在科拉半岛，元素周期表中的许多东西都埋在地下，人们要把它们开采出来。蒙切戈尔斯克开采出的是镍和铜，基洛夫斯克和阿帕季特开采出的是磷灰石矿。如果你们想去的话，可以去矿井参观。不过要戴上头盔，拿上矿灯。"

"我们想去矿井！我们想拿上矿灯！"

"去矿山游览是不错。"爸爸若有所思地说，"在里面转一个小时，走马观花，然后再出来呼吸新鲜空气，但在地下全天候轮班工作则是另一回事。"

"那现在蒙切戈尔斯克的徽章是什么？"玛琳娜问。

"驼鹿！"大家齐声喊道。爸爸踩下了刹车，日古利轿车猛地顿了一下。

"驼鹿漫步在工业城市附近的路上，多么美妙啊！"爸爸激动地说，"生态环境在不断改善。"

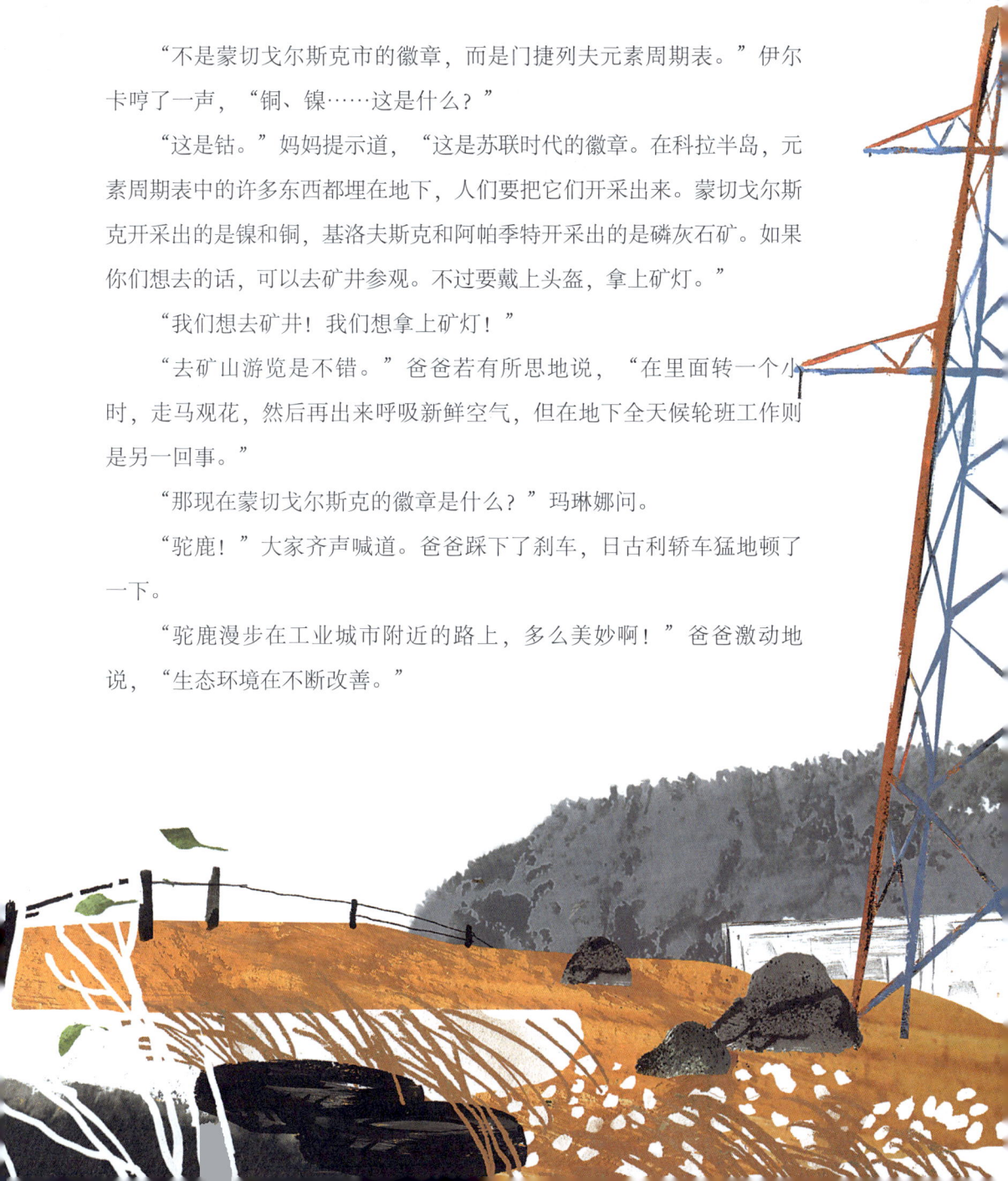

萨阿米人

一家人开车经过洛沃泽罗村。

"我想成为萨阿米人。"爸爸猛地打了一下方向盘，对大家说。

"怎么突然想到这个？萨阿米人是谁？我们也可以吗？"玛琳娜和伊尔卡马上追问道。

"萨阿米人都是好样的！"爸爸带着赞赏的口气讲述道，"北方对他们来说不算什么，他们自己就是北方的一部分。他们很勇敢。他们生活在这些艰苦的地方，就像印第安人生活在美洲一样。他们的生活多么美好！没有憋闷的办公室，没有拥堵的交通。他们在新鲜空气中赶着鹿群放牧。虽说鹿群是不用放牧的，它们自己就在苔原上寻草吃，啃着驯鹿苔自得其乐。与此同时，萨阿米人还狩猎和捕鱼。他们每天都去钓鱼，而不仅仅是周六。他们的房子是用鹿皮做的，叫尖帐篷。帐篷入口总是朝南，建在能晒到太阳的地方，而不是靠近高层建筑的墙边。他们的衣服也是用鹿皮做的——鹿皮夹克、鹿皮靴子，就连婴儿的摇篮也是用鹿皮做的。女人也从不抱怨自己没有合适的衣服穿，随手就可以用鹿皮缝制一件时尚的无袖裙。还有，妻子总是听从丈夫的话，而不是发号施令……"

"注意路况！"妈妈马上就发号施令了……

"萨阿米人向来只吃肉和越橘酱，"爸爸让汽车保持平稳，舔了一下嘴唇，又继续说道，"他们没有菜园！不种马铃薯，也不用给温室浇水！他们根

本不需要蔬菜！配肉吃的越橘就生长在森林里，用不着给它们浇水……萨阿米人还是游牧民族！"

"那他们有什么事情可干呢？"伊尔卡又问道。

"在俄罗斯只剩下不到两千萨阿米人了，"爸爸感叹道，"他们必须受到保护和照顾。"

"这些人不是玫瑰花，这些人是勇敢的萨阿米人。"妈妈提醒道，"如果没有萨阿米人，就不会有他们的语言和文化！多漂亮的服装，多优美的歌谣啊……看到那些架起来的大石头了吗？这是萨阿米人的巨石阵，一种神圣的器

物。你试试看，能不能把这样的一块巨石架到小卵石上？可萨阿米人做到了！而且这些巨石阵至今仍然屹立不倒。"

"他们干吗要做这个，爸爸？"伊尔卡睡意蒙胧地问道。她想听童话故事。

"萨阿米人要去波涛汹涌的大海或广袤的苔原上渔猎，动身之前他们会制作一个巨石阵，让自己的一部分灵魂留在里面，就像放在箱子里一样。如果他们遇难了，任何妖魔鬼怪都无法抓住他们全部的灵魂……"

"这叫有备无患。"玛琳娜点点头，在记事本上画了一只暴风雨中的小船和一个手持长矛的勇敢渔夫。

"让我们都成为萨阿米人吧，"伊尔卡在睡梦中低声说道，"让他们人越来越多……"

苔原

"树都到哪儿去了？"伊尔卡惊讶地问道，"森林在哪儿？周围这片原野是什么？这是草原吗？"

"这是苔原。"优等生玛琳娜说道，"这里没有树木，只有沉闷、无聊的沼泽，长满青苔的湖泊和灰色的花岗岩板层。这就是这片地带的美景。"

沉闷的苔原到处是沼泽，看起来就像一个艺术家的工作室，印象派画家们往里面扔了许多颜料罐：落在绿色苔藓上的鲜红色颜料；飞溅出来的黄色斑点；还有人慷慨地泼洒了紫色颜料，花开了，它有一个不贴切的名字，叫白头翁；带点柠檬色的，这是虎耳草……"谁给这些花起了这样的名字？"玛琳娜自言自语道，"这哪里是虎耳草？要是我起名字，就叫它北极星……"

"我们停下吧！我想画这个！"玛琳娜恳求道。

　　"我的好玛琳娜，还是让我们用手机拍下来吧！"伊尔卡恳求道，"你可以比着照片来画！否则我们会被活活吃掉。这可不是蚊子，这是野兽！还有蠓虫！驱虫剂对它们来说就像空气清新剂！"

　　"你不用下车，隔着挡风玻璃就能把它拍下来，"爸爸马上附和道，"不要开窗！"

　　"你们不懂，"玛琳娜想办法解释，"这是魔法。魔法是不能被拍摄下来的，它无法被分解为像素块，不过可以尝试画出来。"

　　"哈哈，穿上化学防护服还差不多。"伊尔卡插话道。

　　窗外有成群结队的蚊子在盘旋。

　　沼泽、沉闷的苔原，一周的时间就变成了童话一般，你就成了童话里的美人儿……可惜你会被蚊子咬死。

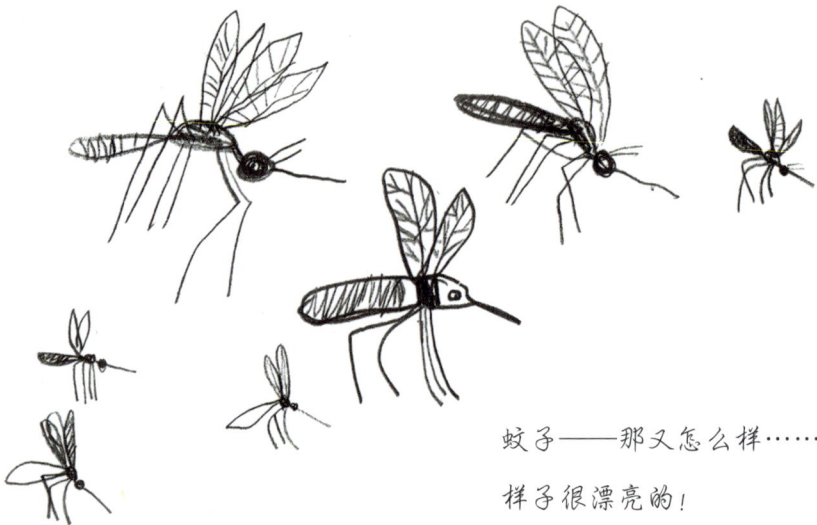

蚊子——那又怎么样……

样子很漂亮的!

甚至伊尔卡也会喜欢的!

20:15

〈　　　　　　　　　...ıll ▭ 15%

嗯，当然，玛琳娜说得对——很漂亮！
不过我更喜欢这些淡紫色的花——白头翁，
名字就很漂亮，像是骑士的名字，让人想起
飞箭……

　喇叭花——白头翁
　伴着飞箭风中鸣，
　伴着铠甲和宝剑……

最后一句还没想出来。跟"宝剑"正好
押韵的是"枪弹"，不过这个词完全偏离了
主题。过一会儿我会想出来的。
　　手机马上就没电了。应当跟玛琳娜要一
个笔记本。

船舶和巨人

"我从来没有见过真正的破冰船！"伊尔卡感叹道。

"那是因为你以前从没来过摩尔曼斯克，"妈妈微笑着说，"在这里，破冰船比无轨电车更常见。"

　　他们站在海运码头，看到巨大的船舷像一堵黑色的墙壁从水中升起。在这堵黑色墙壁上用白字写着：列宁。他一生都在破冰，如今停泊在港口，永远安息……

　　这里有渔业港口、商务港口和客运港口。放眼望去，到处都是港口。从耸立着士兵阿廖沙巨人石像的山上，可以清楚地看到摩尔曼斯克就是一座港口城市。

这里是全年不冻港。阿尔汉格尔斯克和圣彼得堡的港口冬季会结冰，船只无法航行，但摩尔曼斯克的贸易航线全年开放。大量船只将煤炭等热能输送到北方酷寒的科拉半岛。

港口是五颜六色的，就像乐高积木一样。蓝色的船，红色的船，漆着橙色条纹的白轮船。还有模样好笑的港口起重机，黄色的，像长颈鹿，鹿头伸下

来，直接插进黑色的煤堆。煤尘像烟囱里的烟雾一样升腾起来，几乎遮天蔽日。阿廖沙石像用严厉的目光看着这一切。

"你想什么呢，玛琳娜？"伊尔卡拉了拉姐姐的袖子。

"我在想，人无所不能，没有什么是人做不到的！"玛琳娜说。

伊尔卡、妈妈、爸爸和阿廖沙石像都点头同意。

冬天

一场暴风雪突然降临。真正的雪。六月飞雪！

"但现在是夏天啊！"伊尔卡一边拼命抗议，一边穿上了第二件抓绒衣，"我带了泳衣，可还没有游过一次泳！我反对！"她对着风雪不知在向谁喊道。尽管是极昼，但能见度很差。

"要不还是停车吧，咱们用的可是夏季轮胎，"妈妈很担心，"稳一点，请别开那么快。"

爸爸微笑着，紧紧握着方向盘。他大概觉得自己就是萨阿米人，北方的一分子。确实，没有雪还算什么北方！爸爸很得意。此外，路边还有橙色标志杆长年竖立在自己的位置上，以防万一……

海鸥此时也不知躲到哪里去了。

我们来了——北冰洋!

距北冰洋一百公里! 距北冰洋五十公里! ……

现在到了陆地上最后一个定居点——捷里别尔卡村。

"这是个小村庄。"玛琳娜叹了口气,不失礼貌地说。

说实话,这里是一幅凄凉的景象:大洋边缘的一个小村子,就像一个身处世界边缘的独行者,他衣衫褴褛,有气无力,无处可去,也无法指望有人可以帮助他。难道就这样倒下去吗?

曾几何时,20世纪60年代,这里是一个繁荣的聚居地:两个渔业集体农场,人们饲养着两千头鹿,为全国捕捞鲱鱼和鳕鱼。他们与挪威人开展合作。这里有一座文化宫,有两所学校,有自己的体育场,自己的印刷厂……

然而后来……后来就进入由北莫尔斯克驶来的大型轮船时代。捷里别尔卡不再需要小型渔船和围网船。集体农场被关闭。鹿群被赶到了洛沃泽罗。没有工作,居民也几乎走光了。房屋无人居住,破败不堪。这个大洋岸边英勇的小村庄,你将何去何从?

"前途总会有的!"开朗的爸爸兴奋地说,"你们看,建了多少新的高层建筑!黄色的、蓝色的、粉色的!未来的发展是有计划的,有的!告诉你们吧,这里正在筹备建一座工厂,因为发现了天然气!大自然再次出手相助,所以我们不必沮丧。最好五年以后再来这里比较一下……可现在,我们得先在这乱石岸上找个平台搭起帐篷。"

清新的海风从大洋上吹来——一只蚊子也没有了!伊尔卡熟练地快速展开防潮垫,铺好睡袋。妈妈用炉子烧水,晚餐是荞麦焖肉饭,配菜是大洋美景。玛琳娜,拿出你的画夹和画笔:北冰洋已经为你摆好姿势了……看哪,这是虎鲸!准确地说,是在不落的太阳光辉下闪闪发亮的虎鲸黑色的脊背!还有粉红

色的岩石，蓝色的海水！未来的一切都将是美好的，此言不虚！而"日古利"

号也将返回圣彼得堡……

北极光

这次发牢骚的不是伊尔卡，而是玛琳娜。她忧伤地望着天空，太阳粘在上面绕圈子，不愿离开。

"我们再稍等一下吧！"她恳求道，"也许我们明天就会看到它了……"

"我们只能在八月份才能看到它，其他时间就说不准了（如果我们幸运的话）。"妈妈抚摸着她的肩膀说，"北极光在六月份是看不到的。我们已经看到过很多次了，对吧？"

"我的好妈妈，"玛琳娜耐心地向她迟钝的母亲解释道，"只有在北极才能看到最美丽、最神奇、最不可思议的北极光。我在网上读到过，捷里别尔卡村的北极光是所有北极光中最奇妙的。跟你们说，我还带了画北极光的颜料：黄绿色、亮橙色、深绿色、群青、锌黄色……这是我的一个梦想，妈妈……"

"我的宝贝，别这么难过，""迟钝"的母亲安慰玛琳娜，"我会在网上给你找到这样的照片！你会在上面看到魔法般的北极光，比亲眼所见的更好！"

"妈妈！"伊尔卡突然叫了一声，甚至从石头上跳了下来，"唉，你怎么还

不明白！照片不管用！魔法不能被拍摄下来！玛琳娜不是说过嘛：魔法只能画出来。"

伊尔卡走到姐姐面前，把脸伏在她的肩膀上。

"让相机见鬼去吧！"她低声说道，"画吧，玛琳娜。"

风吹乱了大家的头发，发丝溅满了咸水。海鸥在风中尖叫。要知道，海鸥是大洋的一部分。

"这意味着我们会回来的！"爸爸对海鸥点点头，"冬天我们再来这里吧。冬天的北方才是真正的北方！"

"而且没有蚊子！"伊尔卡补充道，"我们要带上很多保暖手套，这样就可以握住画笔了！"

全家人在地球的最边缘，也就是他们所抵达的大洋边上，静静地站着。

再见了，海鸥。你们在家待着吧。

你们不必飞回圣彼得堡，但我们得回家了。

冬天见！

还是伊尔卡能理解我！我不会难过，因为我们还会回来的！爸爸答应了。我们来过一次，还会再来第二次。

再见了，北方！

毛茸茸的、温

驯鹿

北极狐

12:00

　　可怜的玛琳娜，因为北极光的事她
这么难过！但我们还会回来的，爸爸答
应了，所以说，我们一定会再来。

　　我们来到了北方，
　　在林中没有成为熊粮。
　　我们还将返回这里，
　　好好观看北极光。

　　照我看，这几句诗很好。应该拿给
玛琳娜看看。
　　　　下次再见，北方！

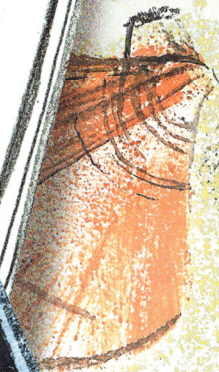

To the North
Written by Anna Ignatova
Illustrated by Anya and Varya Kendel
Text ©Anna Ignatova , 2021–2024
Illustration ©Anya Kendel and Varya Kendel , 2024

中文简体字版由山东教育出版社有限公司在中国大陆地区独家发行

版权代理公司: 北京百路桥文化传媒有限公司

合同登记号: 15-2024-80号

图书在版编目（CIP）数据

向北方 / （俄罗斯）安雅·肯德尔，（俄罗斯）瓦
莉亚·肯德尔图；（俄罗斯）安娜·伊格纳托娃文；王
志耕译.— 济南：山东教育出版社，2024.10.
（布拉迪斯拉发国际插画双年展获奖书系）.— ISBN 978-
7-5701-3344-4

Ⅰ.Ⅰ525.85

中国国家版本馆CIP数据核字第20240TE185号

主　编：刘海栖
顾　问：苏珊娜·加洛索娃/布拉迪斯拉发国际插画双年展国际委员会主席
　　　　方卫平/著名儿童文学理论家

责任编辑：张瑾瑾　王慧
责任校对：付羽
美术编辑：蔡璇

向北方 XIANG BEIFANG

〔俄罗斯〕安雅·肯德尔〔俄罗斯〕瓦莉亚·肯德尔/图	印　刷: 山东黄氏印务有限公司	
〔俄罗斯〕安娜·伊格纳托娃/文	版　次: 2024年10月第1版	
王志耕/译	印　次: 2024年10月第1次印刷	
主管单位: 山东出版传媒股份有限公司	规　格: 787 mm×1092 mm　1/16	
出版发行: 山东教育出版社	印　张: 6.5	
（济南市市中区二环南路2066号4区1号　邮编: 250003）	印　数: 1-5000	
电　话: (0531)82092660	定　价: 35.00元	
网　址: www.sjs.com.cn		

（如印装质量有问题, 请与印刷厂联系调换）　印厂电话: 0531-55575077